六月的遐想

鲍亮亮 著

陕西新华出版
太白文艺出版社·西安

图书在版编目（CIP）数据

六月的遐想 / 鲍亮亮著. -- 西安 : 太白文艺出版
社, 2024. 8. -- ISBN 978-7-5513-2721-3

Ⅰ. I227

中国国家版本馆CIP数据核字第202404D9T8号

六月的遐想
LIUYUE DE XIAXIANG

作　　者	鲍亮亮
责任编辑	赵甲思
策　　划	泥流文化传媒
封面设计	清　欢
版式设计	建明文化
出版发行	太白文艺出版社
经　　销	新华书店
印　　刷	三河市华东印刷有限公司
开　　本	880mm×1230mm 1/32
字　　数	74 千字
印　　张	8.375
版　　次	2024 年 8 月第 1 版
印　　次	2024 年 8 月第 1 次印刷
书　　号	ISBN 978-7-5513-2721-3
定　　价	52.00 元

目　录
Contents

遐／想

遐想（一）

我曾无数次幻想

那漫无边际的公路尽头

便有你柔情似水的故乡

我曾无数次幻想

那星光灿烂的夜空下面

便有你流连忘返的森林

我曾无数次幻想

那冰天雪地的南极之外

便有你温暖如春的心情

我曾无数次幻想

那霜白月明的天涯海角

便有你望眼欲穿的等待

我曾无数次幻想

那南辕北辙的世界里边

便有你不曾改变的挚爱

……

2021.6.5

遐想（二）

突兀了天涯的雪
凋零了寂寞的花

我在听，风在说话
遍地的牛羊，遍野温柔

我该如何向你表达
那一夜，月亮有多美
你便有多美，高原红

我喝醉了酒
沉醉，一空幽蓝
德令哈的风会说话
道不尽的曾经
一段一段忧伤

我曾听到你说

"过去的，也是未来的"
我相信了，即便你不来
未来也有你相伴左右

望向夕阳，落日余晖里
你的微笑，挥别了过往
我的执着，走进了心房
即便心房有太多的遗憾
也会是一种遗缺的美好

2021.6.6

遐想（三）

当我忘记你的时候

风雪刚好来到这里

我无言的模样

竟成了夕阳最后的温婉

当你不再寂寞的时候

风不再无畏地追寻

那些无所事事的时光

终让你红了满山的樱桃

痛，无畏于尘埃

笑，喧哗于人海

无非是最后的相见

别了，又何苦彼此挂牵

当山峰没有了骄傲

当海洋没有了雄壮

六月的遐想

当雪水泛滥成过往

我相信，你依旧那样

不为所动，心声啊

无非是山谷的回响

一遍又一遍

重复着失败者的诺言

别误会，这只是一场梦

当你醒来，哭泣的玫瑰

早已凋零，风暴将至

我如约而至，无非放不下你

那一场秋天的离别，太感伤

2021.6.22

遐想（四）

今天寄出了一束光
听说，你将它珍藏
里面有我们的梦想

别忘记蓝天，翱翔
说什么阴霾，无常

等你，只不过徜徉
谁能跨过无尽海洋
我在这头念你一回
你在那里忘我一场

无非是黑夜的模样
我们不再寂寞流浪

就把此刻留在心上

六月的遐想

别误会，一路远航

不是告别，是回望

2021.6.30

遐想（五）

有人路过

开一树的梨花

念一寸的芳华

有人路过

折一瓶的心碎

还一生的余罪

有人路过

读一众的诗章

饮一世的苍凉

有人路过

点一盏暗夜的灯

迎一缕秋寒的风

有人路过

开一扇迷途的门

寻一个梦里的人

有人路过

画一幅春秋的图

落一湖相思的雨

有人路过

捡一滴秋叶黄的露

送一捧松柏青的雾

有人路过

落一山秋草暮的枯

唱一川肝肠断的曲

有人路过

填一首旧红颜的词

剪一段剪不断的丝

2021.11.7

遐想（六）

风带走了云
云不说话
把秘密化作雨
开出懵懂的花

风带走了雪
雪不说话
把秘密结成冰
冻成朦胧的月

风带走了叶
叶不说话
把秘密敛进山
融入苍茫的夜

风带走了雾
雾不说话

把秘密落成霜

凄美归来的路

风带走了海

海不说话

把秘密藏于云

澎湃流浪的爱

2021.11.8

遐想（七）

天色已晚

不见暖阳

但见炊烟

我在去往

远方的路上

与你遇见

不是偶然

如歌岁月

偷走了谁的青春

到头来，依然想念

热情的风

不舍夕阳

期盼瞬间

与你遇见

不是偶然

错过的考验

不再重现

你失落的表面

随风飘散

当小号响起

我与你相见

这不是偶然

……

2021.11.9

遐想（八）

又是一片落叶的遐想

最后的浪漫，终归是短暂

梧桐树下不变的信仰

坚守的路标指向远方

谁在路上醒来又迷茫

弥漫的白雾装满忧伤

只是轻轻地经过身旁

无所适从的模样，像极了

芦苇尖摇晃的夕阳……

2021.11.12

遐想（九）

一匹马，肚子很大的马
骑马的人，没在马背上
在哪儿？在哪儿？无限遐想

从黎明到黄昏
到诗人眼里的黄昏中来吧
花椒树，长进骨头里的树
陪着你，陪着你走完一生
你在摇晃着，拥挤着，在意
黄昏的富足，如此短暂
下车的一家人，夜晚多美好

白马，黑马，失恋的马
开心的马，马过河，你下车
一边是青草坡，一边是等待
一边是蓝月亮，一边是等待
一边是红树林，一边是等待

等到村庄不再，等到天凉

等到嫁到远方，等到荒凉

汹涌的人群，请举杯

这一刻，呼啸而去的是麦香

扑面而来，一滴泪做的甜酒

振臂高呼吧，出嫁的新娘

哪辆马车，载你而去

哪辆马车，载你而归

哪辆马车，去而不返

当明天的太阳又升起

你在远方，幸福守望

2021.11.28

遐想（终章）

风

带走一个人

留下一句话

城市没有花

何来的喧哗

风

带走一朵云

留下一场雪

夜空没有月

何来的诀别

风

带走一座山

留下一滴泪

手里没有玫瑰

何来的颓废

风

带走一颗心

留下一段愁

心中没有激流

何来的理由

风

带走一片叶

留下一地霜

天边没有夕阳

何来的忧伤

风

带走一个你

留下一场空

远方没有梦

何来的彩虹

2021.11.30

风/声

风声（一）

在遥远的北方

一个盼望许久的小孩

他期待

风能带回久违的爱

在无处不在的

空旷的田野

总有一些花

为迎接你而来

总有一场雨

为迎接你而来

在无数次梦里

见到夕阳下的小孩

时而悲伤

时而欢快

那是清晨所不知的

黄昏的独白

来吧

就让我们和着山歌

一起舞蹈

在遥远的北方

寒冷的夜晚

不再孤单和无奈

来吧

就让我们荡起双桨

风里雨里摇摆

让无数的小孩

都能在爱里奔向未来

2021.11.24

风声（二）

当远方不再流浪
你是否记得我的容颜

那无尽荒凉
写满你的忧伤

月光铺满归途
我一路向北
拖着夕阳
走向你——
无尽的温柔

水向东流
没有什么理由
爱你
只是因为遇见你

遇见你

便开启新的世界

不愿流霞默默

不愿眼前无雨

只想你——

便把世界留给你

泪水汇集成海

没有爱

湛蓝的天空

空空如也

来吧

亲爱的你

就让我们走向未来

不必在意何处是归乡

2021.11.25

风声（三）

今天，起风了

我在风里

看到另一个自己

在眉间皱巴着的青梅

伴着白色衬衫在晃动

是你牵着衣角，在

等另一个我出现

风，折断了翅膀

青鸟不再飞翔和歌唱

另一个我，看见这样的青鸟

香气依然在，委屈依然在

青鸟的缄默，我的缄默

在左手和右手间传递着

我只想摸摸你的头发，青鸟

你会不会感到一点点，绚丽

别再说，我在追寻你的过去
你的转身，你的拥抱和哭泣

别再说，我在风里渐渐长大
直到看见，熊熊燃烧的太阳

别再说，我眉间皱了一下
那是风带来的回忆，在一起

窗外的田野，装满我的愿望
我笑了，笑得像今天的风声
你和我一样吗？一样看见
青鸟，再次飞过窗外的田野
带走所有的愿望，飞向太阳

那一刻，阿兰流下伤心的泪
别再说，阿兰流下开心的泪

2021.11.25

风声（四）

天空一片晴朗

无言的对白

道不尽忧伤

我在故乡的时候

只能默默看着你

看你远去的背影

还有无尽荒凉的天涯

当我再次望向你的时候

山川已是暮色般苍茫

流连忘返的青春呀

就这样在指缝间溜走

当我再次想你的时候

已是中年的模样

那无尽遥远的故乡

竟成了青春最后的印象

2021.11.28

风声（五）

无奈的风

带不走无助的青春

曾经的少年

在童年时

走进五光十色的前头院

那葡萄的成熟

映衬着少年懵懂的心

那无尽的等待

化作凄美的幸福

烈日下的炙热

曾让你我遍体鳞伤

无言的对白

诉说着对生的渴望

无奈的思绪飘扬

我们共同走向故乡

就让我们一起走过

那没有阳光的童年

月亮的皎洁

感化着你我前行的善良

闪亮的眼眸里

尽是你对世界尽头的向往

清晨的风

留下你我对童年的呼唤

一起走吧，就走向

那阳光灿烂的远方

2021.11.28

风声（六）

倾城月

无非是黑夜

给予眼睛的错觉

在无端忧伤的日子

风便会变得低沉

清晨月

无非是留恋黑夜

不舍离去的背影

在默然不语的日子

风便会变得萧瑟

曾经月

无非是妄想黑夜

可以留下一粒种子

在寂寥无绪的日子

肆意成长为一片荒原

我在荒原的中间

手握着风

自由翱翔

......

2021.12.4

风声（七）

无关风

我在秋夜想你

只为送一枚月

恋恋风尘

不忘来路

无关雨

我在春晨想你

只为送一树花

款款清欢

不忘青竹

无关雾

我在夏日想你

只为送一湖水

袅袅烟霞

不忘辛苦

无关露

我在冬夜想你

只为送一片雪

浅浅心事

不忘归途

无关你

我在对岸想你

只为送一曲歌

怯怯生霜

不忘祝福

......

2021.12.11

风声（八）

1

天空一片荒凉

好像雨夜无雨

雪夜亦没有雪

唯有一颗星

落进谁的心

划破寂静的夜

谁哭泣，放弃

又不舍离去

纠结不了的情绪

随风摇晃的青春

这如梦如幻的夜

荒凉了谁的眼睛

2

我在夜里呼唤

无奈秋冬已去

万物复苏的季节里

失去的青春

如梦般归来

那死寂的眼神

倔强的灵魂

守着天涯不老

老去的

只是无用的外貌

而你的心

依旧温暖如春

3

爬过一座山

蹚过一条河

我在对岸看风景

而这风景装满了

你的眼睛

来吧，秋风萧瑟

又能怎样

来吧，冬寒凛冽

又能怎样

我在对岸看风景

看不穿的

永远是你的眼睛

4

流水如梦般逝去

而我，念着君的名字

这一刻，又何尝不是

少年懵懂的爱意

当我在一瞬间想起你

请别来无恙，如梦般

随心所欲地飘扬

5

很久不写长诗了

就好像天空一片安详

海水一片湛蓝

当我的头发再长出来

那便是梦开始的时间

我从忧伤中走来

走进你忧伤的眼

穿过你忧伤的心

留下我忧伤的模样

也许，你并不在意

因为我是如此平凡

平凡如风经过身边

不惊不扰，不吭声

只是默默环绕你

倾听你的呼吸

聆听你的思绪

你不必在意我的存在

这样的感觉真好

6

当我回首往事的时候

我常常摸一摸光秃秃的脑袋

那一刻就好像醍醐灌顶

告诉我，你忧伤也好

忧愁也罢，时光流转

总有一些人留在心底

总有一些事融入记忆

那便是你无奈的青春

也是你必将感激涕零

平凡而又坚忍的自己

7

柳树醒了

柔柔弱弱漂流

小桥醒了

弯弯曲曲漂流

你醒了

念念叨叨漂流

我忧伤你的忧伤

再把温暖留给你

我安抚你的慌乱

再把从容留给你

找理解你的无助

再把勇气留给你

不要问我为什么

答案只有一个

我爱你

......

2021.12.11

风声（九）

宣武门的夜晚，在冬寒里流浪

我无助彷徨地望向那无尽的远方

何来忧伤，又何必纠缠

这北京城的霓虹闪烁里，有太多悲欢

感动于风的倔强、雨的执着和星的惆怅

在这偌大的北方，寻找童年的荒凉

我曾无数次走过荒凉的草原

德令哈的夜晚没有月亮、没有你

而我简单地相信，这一切只是一厢情愿

当我再想起那片覆满白霜的芦苇荡

不得不承认，自己曾经的懦弱与坚强

矛盾着，分裂着，与自己对话的时光

总是有一种力量，起死回生般重来

就好像那永不会摔倒的不倒翁

其实它也只是一个脆弱的娃娃

于是你相信了谎言，自我隐瞒

鲜花怒放的季节里，再次出发

……

2021.12.11

风声（终章）

别再说

你曾留恋

无尽荒凉的北方

那童年

那伤痕满背的忧伤

那便是夕阳里仅存的希望

别再说

你曾热爱着而又不敢回眸的眼睛

炽热的心澎湃着谁的胸膛

那少年

那夜晚写不完的诗篇

那便是月光下仅存的留恋

别再说

你曾无数次遇见而又逃避不了的迷茫

太多人把你丢进海洋般的深渊

那青年

那只顾望向天堂的眼睛

那便是永不言弃般自由翱翔

别再说

你曾这样轻描淡写地笑看着过往

那梧桐树下砸不穿的心房

那中年

那只是自我欺骗般的泪眼

那便是一种心酸后幡然醒悟的清欢

别再说

你曾这样爱过一个姑娘

她留在你的身旁

那些年

那无尽遥远天边的忧伤

那便是你梦境般温柔的故乡

2021.12.12

秋／语

秋语（一）

是秋雨一场一场地凉
是旅人一个一个地散
是枫叶的思绪在飘扬
是溪水的歌声在流淌
多么不容易的团圆呀
让月光变得不再忧伤

是秋风一阵一阵地远
是异客一个一个地来
是故乡的花开在徜徉
是异乡的叶落在惆怅
多么不容易的团圆呀
让白露变得不再孤单

是秋霜一层一层地降
是诗者一个一个地还
是孤岛的烟霞在流浪

是山峰的白雪在融化

多么不容易的团圆呀

让夜空变得不再空旷

……

2021.9.8

秋语（二）

我曾无数次地看见

白桦林里走来的你

那无尽幻想的眼睛

如同冬夜里的太阳

我曾无数次地看见

黄草地里走来的你

那无尽斑斓的晚霞

如同秋霜里的倔强

我曾无数次地看见

黑公路上走来的你

那无尽明媚的烟火

如同新年里的遗忘

我曾无数次地看见

红海洋里走来的你

那无尽期盼的黎明

如同旧日里的信仰

我曾无数次地看见

蓝月亮里走来的你

那无尽深情的回眸

如同爱河里的流浪

我曾无数次地看见

紫蔷薇里走来的你

那无尽悠扬的叹息

如同深渊里的力量

……

2021.9.9

秋语（三）

花开了多久

草儿便陪伴了多久

蓝天白云

那么多的风

流浪了多久

便让少年的心

自由了多久

雨下了多久

旅人便思念了多久

绿树成荫

那么多的叶

摇晃了多久

便让少年的心

荡漾了多久

露白了多久

蒹葭便浮游了多久

江水连天

那么多的浪

奔波了多久

便让少年的心

激荡了多久

琴响了多久

烟霞便留恋了多久

曲调悠长

那么多的窗

便让少年的心

停留了多久

霜落了多久

月光便苍凉了多久

树影婆娑

那么多的星

便让少年的心

沉醉了多久

秋

语

你走了多久

小院便荒芜了多久

远山叮咚

那么多的蝶

便让少年的心

寄托了多久……

2021.9.9

秋语（四）

1

风轻云淡的日子

没人记得阴雨绵绵

这样是好的

心里储蓄阳光

熬过下一个雨季

2

当我们回首过往

那感动自己的感动

感动自己就好

3

你所认为的苦难

当作历练就好

所谓的共情

同频共振般

为数并不多

4

仇恨是可以放下的

与不原谅并不冲突

5

感触是自己的

说教是他人的

所以，很多事点到为止

南墙，是必须撞一撞的

6

深夜窗外的车声告诉你

你有多清醒，便有多孤独

7

勇敢往往源自绝望

绝望是另一种希望

最差的结局

无非是死亡

8

孤独感

更多时候

是失落感

真正的孤独

是一种幸福

9

不论艰难险阻

杀出重围的路

注定还是孤独

10

幸福

是孤独的产物

要做的是领悟

别让幸福荒芜

11

别讲太多苦

苦是孤独的养料

要默默发酵

12

倒苦水

是没用的

苦，要自己悟

直到有了温度

……

2021.9.11

秋语（五）

1

人生的本质是孤独

来也孤独

去也孤独

2

孤独的本质是幸福

甜也幸福

痛也幸福

3

美好的东西

都极易腐败

更需要用心经营

4

仇恨是孤独

相爱是孤独

孤独无处不在

哪怕身处人海

哪怕身处人怀

5

与孤独的相处之道

是学会与自己对话

6

春天是一去不回的

回来的，已是另一个春天

7

绝望的时候

务必仰望太阳和月亮

太阳告诉我的是希望

月亮告诉我的是绝望

在希望与绝望的和解中

获得的是力量

8

肯听你说话的人

要倍加珍惜

他本也孤独

却能花费时间

陪伴孤独的你

9

书是孤独者的独白

读书，便是直面孤独

并从中获取孤独者的力量

10

分别是孤独的催化剂

其产物

是多样性与一致性的统一

11

这段不是多余的

写给正在读这首诗的您

也许是晴天，也许是雨天

有孤独相伴，便不再孤独

······

2021.9.11

秋语（六）

秋风秋雨的，还有谁在轻声细语

那是一种美好的开始，是流浪的归期

太多的人开始聚集，在落花流水的秋季

我不曾放弃，那如梦般的幻境

还有无奈的思绪飘扬，勇气早已凋零

浆果爆裂，葡萄酒刚酿好

没有人知道何时何地，月亮落到了心底

就把冰凉融化，再用繁花装点寂寞

我看见你的眼，总是不自觉地慌张

爱上蔷薇的朋友，把玫瑰种满花园

流泪已久的心，不再为你而动容

那些苦难的时光，我如梦般追回理想

被束之高阁的岁月里，我无奈地悲欢

没有人会为一个平凡的你而忧伤

哪怕只是短暂的表演，也未曾出现

爱在流淌的时光里，慢慢变老

经久不衰的恨，根深蒂固地折磨自己

放手的一瞬，我用尽全身力气为你歌唱

那是流光溢彩的城市里，最后的告别

······

2021.9.21

秋语（七）

流浪了太久

才看见那月亮早已哭湿了眼睛

那望眼欲穿深情款款的少年

在秋雨里渐渐遥远

流浪了太久

才发现田野荒芜成最美的风景

那一路向北惴惴不安的天边

在秋雨里渐渐遥远

流浪了太久

才发现归途尘土已遮蔽了翎羽

那满怀忧伤恋恋不舍的挥别

在秋雨里渐渐遥远

流浪了太久

才发现山峦叠成无限的梦境

那永无止境苦苦追寻的希望

在秋雨里渐渐遥远

流浪了太久

才发现湖对岸摇摆不定的青

那不再犹豫生生不息的人们

在秋雨里渐渐遥远

……

2021.9.25

秋语（八）

是秋霜落满屋檐

是夕阳染红脸庞

是晚风拂过河岸

是不舍的挥别，落叶飘零

是难言的重逢，一声宁静

爱上蔷薇的人，向往流浪

流浪太久的人，融化冰川

冰川冻结了谁的眼泪

眼泪流进了谁的梦境

梦境扰乱了谁的思绪

这一抹风，红了眼睛

红了满山遍野的老酸枣

我沿着这条路拐过几道弯

不远不近，云在上头

河在下头，我在这头

你在那头，在那不远不近的

心里头……

2021.9.30

秋语（终章）

秋

带不走你的思绪

五彩缤纷的烂漫

短暂如你匆匆的行囊

秋

留不住你的心房

五光十色的烟火

短暂如你款款的目光

秋

容不下你的热恋

五颜六色的山川

短暂如你淡淡的忧伤

秋

道不尽你的往昔

五湖四海的流浪

短暂如你的姗姗回望

秋

回不到你的从前

五彩斑斓的向往

短暂如你的念念不忘

2021.11.6

又／清／欢

又清欢（一）

雾散去，旅人去远方

不见阳光，便把岁月

留在烟火人间

冷月如霜，夏荷淡香

无人不识这夜的诗篇

便把薄凉沁入了心房

漫长地等待，学会了平凡

在喧闹的街头，寻一份寂寥

闭目间，是谁把夕阳冲淡

何谓漫漫长路？脚下的青石板无言

雨水洗刷山川，人生苦中自有安然

何谓快乐？无非就是不再逃避忧伤

天涯总是令人向往，而月光却不舍过往

那童年回忆里的伤，在岁月里抽芽生长

何谓自觉？无非就是一半清欢一半释然

2022.7.11

又清欢（二）

流水落花的日子里

读一本书，饮一杯茶

流连一抹夕阳，望向

远方的红霞，敛尽清欢

浆果爆裂于此

便把生命交给自由——

没有人高喊山川

回音里只有你的模样

月光泼洒于此

便把回忆交给期盼——

没有人看见尘土

空气里弥漫着雨后的味道

鲜妍凋零于此

便把美好交给时间——

六月的遐想

没有人在意落叶
森林里只有麋鹿在遥望

这是一段关于你的回忆
没有些许留白，天空不空
写满你的名字。在无数次
擦肩而过的瞬间，盛开
最美的莲，那微笑的容颜
便深深浅浅走过漫长的夜
终释然，走进夏日之今天
……

2022.7.14

又清欢（三）

光

无关

谁的梦

春风十里

度不过心劫

流浪无休无止

便把风揣进怀里

带不走你留下的影

留下的尽是无尽的愁

正好细雨淌过你的脸颊

没人记得曾经无悔的模样

就好像梧桐不曾停下的流浪

2022.7.21

又清欢（四）

无端想起了你，那是风带来的消息
在无尽漫长的岁月里，你不曾凋零
爱恨只是一念间，别再纠结于过往
有限的生命里，我们也都只是过客
总要留下点什么吧，留下花留下月
花落花开，是我忘记又想起你的印记
月缺月圆，是你忽隐又忽现的情意
当我再次望向远方的时候，流浪者
刚好从你身边经过，青衫随风飘扬
……

2022.7.22

又清欢（五）

无数次梦到的场景，此刻从土壤中发芽

多少爱恨已随风而逝，留下来的便是珍惜

别再重复那青春的伤感，无非是过眼云烟

很多时候，只有空气里留下了自己

呼吸声才显得那么规律。我并没试图重启

也无意揭开那尘封的往事。即便流浪的人

依旧在流浪，漂泊的人已然回望夕阳

这无尽漫长的等待里，我成全了我自己

2022.7.27

又清欢（六）

风渐渐放慢了步伐

你挥舞着山川流水

我知道

这次将是永别

再见面的时候

居然惊讶到彼此

永别也可能是暂时的

暂时的总感觉是永别

泼墨之间

你已写下对我的思念

相见不如怀念

若真如此

为何又苦苦追寻着相见

恋恋不舍地再次分别

我又萌生永别的思绪

这样也好

在漫长而孤独的夜里

有那么一丝丝的念想

如灯火般闪耀于远方

乳白色的流淌的母亲河

不是说好于此相见吗

此时此刻唯有山川青空

独不见你的身影

没有你

这山川便成了死物

这青空便成了真空

我在回忆里寻遍你

那夕阳下的奔跑

便是最后的美丽

2022.8.7

又清欢（七）

无花无酒，晨风自扰

念往事依旧
披一世沧桑

雨在窗外流淌
心在屋内遥想

曾几何，流水遍寻山雨
君欲归，落花不识初秋

回眸故里，夕阳已是不易
别来无恙，繁星必将铭记

2022.8.27

又清欢（八）

耳边响起熟悉的旋律
寻遍天涯只为你——
莫非是云烟成雨
好让今日的北京
成为江南般的你

流水声声不息远去
是该怀念，还是留恋

那无止境流浪的诗歌
写不完为你流淌的泪

好让今夜平静而平凡
好让昨日清爽而清欢
这唯一活下来的星辰
一定是你——
留给我的不灭的信仰

2022.8.28

又清欢（九）

大风降温的街道空无一人
透过玻璃窗望向路灯下的树影
枝枝杈杈在寒风里凌乱

不止一次在这样的场景里想起过去
那挥之不去的忧伤与清欢一并涌来

些许的感怀，些许的爱
些许的释怀，些许的无奈

这十二月北京的冬天里
我把自己活成风的模样
翱翔——即便只是心底
舞蹈——即便只是眼前

我用无言的结局诉说着未来
一切刚刚好，便可以云淡风轻

向夕阳道一声晚安

如此安好，便是晴天

2022.12.15

又清欢（终章）

秋水不远的将来

你终将破晓而来

那无尽幻想的秋阳

望不断天涯的向往

最后，还是沉醉于此

我愿留住这短暂的离别

仿佛你不曾来过，最后的倔强

就算是送别的清欢

一直走向冬，多么荒凉而又充满梦想

轻盈漂流了多久的时光

此刻，只为你而停留

再不回头，就来不及了

一直期盼的重逢，转眼便是春

流浪者脚下的路，铺满黄叶

纷飞多少的泪，流向心海

2022.12.18

自／渡

自渡（一）

微风拂过山岗

留下清澈见底的夏

盛放于你心底的花园

你说，爱已不再落寞

辽远的天空里

风是风，云是云

风云变幻的是自己

过往云烟即远即近

流浪的人

今天已是昨天

明天已是今天

心底那点念想

便是光……

2022.5.14

自渡（二）

无非是恨淹没了青春的海洋

阳光不离不弃，照亮了海底

那无尽漫长的岁月里

是谁轻声歌唱、独自忧伤

在无数次绝望的夜晚

终把爱恨融化为平常

不是不恨了

只是放过了花

放过了草

放过了天边的云

和落寞的夕阳

无关冬雪和冰寒，你在春天款款走来

我用一生的时光守护，不敌此刻的笑颜

简单的交谈，几日的过往

留在心底的，是无尽的温暖

如今，漫野的紫色小花

风铃在耳边轻轻诉说着

便是孤独最美的模样

2022.5.15

自渡（三）

花开花谢，自然而然

许久没有听雨——

风声离间你我

我不为所动

前行的步伐依旧

远方的山川依旧

如流萤般的眼眸望穿彼岸

我在这头望月，你在那头

等风捎去一封写不完的信

走过太多江河，斜阳依恋上湖

太多的夜晚，我独自路过人间

就把江河的豪迈送给远方的你

希冀着激荡起心底一点点涟漪

琴声悠扬，窗台上落下百灵鸟
它从不歌唱，直到遇见你——
那一天的秋叶泛黄，阳光剪影
轻叹着过往的忧伤。月上西窗
多少离愁别绪皆为序章——
在这无尽漫长的岁月里

柚子树下雨了
听雨的人忘记你
回眸望向远山
山外也是雨
山外也是你

2022.5.16

自渡（四）

慢慢地，风来了

带来了花香和鸟语

我不自主地怀念起太阳

在这无尽的黑暗里

心存一缕阳光

直到破晓之前

不曾怀疑过太阳

今日，我望向夕阳

想念故乡

巍巍太行

那里有我童年的梦想

少年的辉煌和青年的迷茫

自渡，自渡

木鱼声声入耳

山野之间

永恒的太阳

寄托着你我不变的信仰

2022.5.23

自渡（五）

世间万物，缘起缘灭

不必在意流水落花逝去
心中有世界，万物皆在

不必刻意寻求自信自卑
心中有花草，万物皆春

不必追问缘何事与愿违
心中有大海，万物皆生

路过即路过

花是花
树是树
山水一程
万物皆有灵

相逢是缘

相去也是缘

不见、不欠、不念

闭目、菩提、缘散

回望半生，山川皆为过往

唯有清欢与孤独常伴

日升日落，月升月落

唯有当下为当下

不必忧伤于逝去

不必忧虑于未来

念与不念

最好不念

想与不想

最好不想

净心自渡

江水东流

......

2022.5.23

自渡（六）

路还在延展

人生已过半

望山川流水

寻自我救赎

流浪与忧伤

随青春流逝

放过了自己

心底的孩子

愈合着伤口

也许是一生

抑或是一瞬

终归于平淡

自然而宁静

……

2022.5.24

自渡（七）

莫非是无缘故的失落，醉了谁的心田

那无止境流浪的岁月，依旧在流淌

别让太阳把你的热情点燃

此刻，你需要与月亮为伴

蝶舞天涯不远，叶蝉喧嚣

结局无非是无伤大雅的忧伤

漂泊的船儿在河上

流浪的人儿在路上

......

2022.6.21

自渡（八）

今日之花，于我无非是阳光

我所见之阳光，是善良

宽容与孤单；无非是雨

乌云密布的旅途在延展

触手可及的地方皆为霜

霜起霜落，实为天涯客

无非是断了归途的念想

在无尽黑暗里寻着光明

2022.6.21

自渡（九）

絮语不长，尾巷子里柳树醒了
我望向空巷时，刚满十岁
那里站着另一个我，小五岁

悲喜自渡，无非是花草相连
万物皆为我，我即为万物

夕阳落下，霞光万道
此刻的太阳依旧是光亮的
即便它已沉入海底或深渊

黎明前的黑暗，总是痛苦的
行苦不变，于手掌生出安然

时间停止，便可见一斑
那无静无动的惊鸿一瞥
留在心底，便成全无我

2022.7.3

自渡（终章）

雨，没有漫过你的心坎

蛰伏于黑暗的眼，目视前方

没有太多的泪水，可以浇灌花园

便把昨夜的梦装进了胸膛

流水的山谷里，蝴蝶飞舞

多么美丽的夏，宁静致远

偏偏爱上流浪的人，此刻

将心情交还给了月，此刻

无非是一场修行的神游

在无边无际的德令哈，追寻太阳

你无助地张开双臂，风便托你而起

这不是飞翔，而是一种重生

回望久远的山川，你的双眸如水

为此，我漂流了太久、太久

直到遇见落日的霞光下伫立的你

我不懂风雨一程、花草一程

尽在心底无所畏惧地刻画你

当天色渐晚，归途便是一场

没有终点的漂泊——向远方

2022.7.4

过／往

过往（一）

旁边的年轻妈妈给孩子讲故事
对面的人捧着手机沉思

春风吹绿了校园
桃花杏花樱花随风舞动
穿行其间的人们
洋溢着幸福的笑容

二十来岁的小伙子
面带愁容地走着
他在回忆过往还是
惆怅未来
在没有尽头的路上
迎面走来的笑容
依旧不能打动小伙子
他自顾自地怀念着
思索着，挣扎着

直到一身冷汗过后

一切都重归于零

青春洋溢的姑娘

三五成群，欢声笑语

汉服飘逸着中国风

宛若轻盈的精灵

小伙子从她们身边经过

显得格外突兀

就这样流浪了许多年

直到遇见一个姑娘

她用温暖的笑容和真诚的心

打开小伙子的心扉

从此，小伙子不再那么惆怅

他多了份希望和期盼

奔走于崇山峻岭之间

从此，小伙子不再那么孤单

他多了份责任和担当

漂泊于绿水青山之间

从此，小伙子不再那么忧伤

他多了份牵挂和清欢

走向欣欣向荣的明天

……

2022.4.4

过往（二）

西山坡的野花开了

没有人会留意一朵

远远看着一片一片

这是一个整体，从不分割

当我回眸望向夕阳

你还在湖边奔跑

身影拖了很长很长

一直伸进我的心里

没有谁会在意过往

仅仅是电影在音乐的烘托下

偶尔让你心底暗流涌动

这钢铁般的城市森林里

人们被分隔于白天与黑夜

为数不多的人还在傍晚

不舍夕阳最后一抹余晖

流浪，流浪在大海的边缘
那咸咸的海水诉不尽心怀
你自顾自地留下一湾清澈
便将过往云烟化作了永恒

漂泊，漂泊在山川的彼岸
那幽幽的谷底装不满留恋
你自顾自地怀念一种忧伤
便把过往云烟交给了昨天

当我再次望向这最后的夕阳
我想起你凝视我的双眼
那不曾悲伤不曾欢笑的过往
自顾自地流过你的眼我的心

2022.4.4

过往（三）

我在死去之前

必定会回忆过往

那如风般轻盈的夜晚

让我沉醉、让我迷茫

黑暗的森林里

有人坚信着过往

只是一场空白

我在用力奔跑

却跑不出童年的梦

那无力感径直将我击倒

瘦骨嶙峋的孩子，一次次爬起来

当我再次回眸望向远方

那沉沦的夕阳留下清澈的幻想

我爱上这一刻，却被无情的抽打惊醒

春天，再荒凉也是让人心生欢喜的
我看着远处的山川，把自己交给过往

当我再次想起那张恐怖的脸
我已成年，不再孤单和害怕
我将用尽余生所有的力量
温暖过往

2022.4.7

过往（四）

风自北方来

雨落在南方

不再回望

便把过往

融进夕阳

当我醒来

天也刚白

我听见你

无奈地轻叹

好似不散的阴霾

萦绕着凉薄的爱

你呼唤的清欢

不过是场空白

又何必去感慨

就把黑夜掩埋

过往

无尽的路

飞扬着土

一围冷湖

将你我圈住

或许过于无助

就把眼前的树

当作心里的屋

一遍一遍默数

祈祷，祝福

你将在我心里

永住

2022.4.7

过往（五）

1

看不见是你的背影

看得见是夕阳剪影

我只是刚好路过

便有了深深浅浅

的怀念

2

流水，山峦，旅人

在四月的春风里

总有些花会迷路

那就随风去天涯

晓月凄凉了过往

又有谁想起昨天

……

3

鲜花怒放的夜晚

雨花石不停歌唱

停下脚步的旅人

若有所思地流浪

没有谁在意过往

明天依旧在路上

4

芦苇摇晃，摇晃

水洼闪亮，闪亮

我弯腰捡起过往

却是碎了一地的月亮

5

鸢尾花是忧伤的

风铃声是忧伤的

荒草地是忧伤的

忧伤的还有旅人

他怀念过往

无非是不舍青春

他怀念太阳

无非是畏惧黑暗

他流连忘返

无非是重复忧伤

6

人间在四月是最美的

满是伤痕的心揭了疤

步履蹒跚的老人与海

写满皱纹的岁月静好

没有人经过巷尾烟花

便把过往留在了昨天

……

7

海洋依旧在流浪

咸咸的泪水汇集

在天涯海角之眼

模糊不清的世界

充满未知的幻想

就别再犹豫彷徨

过

往

径直走向那远方

……

8

我怀念的，无非是黑夜

黑夜给了我无穷的勇气

让我在白天的世界里

寻找无畏者的过去未来

9

最后一段是送给你的

因为你是过往的主角

独角戏唱了太久太久

便借着云朵遨游四方

偶然间遇见冰霜迷雾

送给你，一朵雪莲花

……

2022.4.13

过往（六）

风拂过麦子

金色的浪向我奔涌而来

我已然闭上双眼

感觉如风般轻盈

那是你美丽的双眼

凝视着昨日的荒凉

我只是轻轻走过

千万无奈的思绪飘扬

天空渐渐泛白

是离别的时刻——

燕子南飞

寻找通向另一个世界

的无名之路

我自顾自地追寻着

无尽黑夜里最后的光

想必你还会记起我
那夕阳下挥别的模样
抑或篝火燃尽了
草木灰的清香
我依旧在原点等你
地老天荒的天方夜谭

还是放过了那些流逝的时光
如同太阳不曾欢笑与悲伤
她就这样观望着春夏秋冬
留给我们永恒不变的誓言
我竟然再也不会为你哭泣
因为我早已成为你的影子
只有在太阳下我才会出现
温暖的风融化了你的惆怅
当我再次回眸望向那远方
夕阳之下我的影子越来越长
不必在意我的离别与行囊
明日的明日我依旧在你身旁
……

2022.4.15

过往（七）

雨水许久不见
相思的人们在祈祷
那无尽荒凉的夜晚
冻结的霜遮蔽双眼

凉雾许久不见
相忘的人们在流浪
那无边烟霞的傍晚
留下的影消失在山前

长亭许久不见
相念的人们在彷徨
那无际青绿的湖面
推开的浪直奔远方

冷月许久不见
相望的人们在呼唤
那无限飘荡的流云

恍惚的光洒满忧伤

落花许久不见
相恋的人们在默念
那无垠摇晃的荒原
枯萎的草期盼春天

许久不见
无奈的思绪
化作柳絮飞扬

许久不见
无关的日子
与行囊做伴

许久不见
我以为会遗忘
却在流萤的夜晚
忽隐忽现

2022.4.16

过往（八）

无外乎是你不再归来

六月那充满遐想的夜晚

还有太多的人在等待

秋天如春般轻盈而来

这会是什么样的场景

让我无从选择与抛弃

眼前的春天款款而来

风雨飘摇的夜晚不再

那无关过往的月光下

荒草早已漫过心的堤岸

就把烟霞当作归途吧

再用流泪的眼睛酝酿

一种悠悠的过往云烟

别再用最后的字眼了

别再说你只会忘记了

那些无奈的表情背后

多少无辜的人在努力

挣扎着只为向往的远方

就如同江水东流一样

静静看着原点如平常

流连忘返于天涯海角

最后留下的只有怀念

2022.4.17

过往（九）

闯进深林的麋鹿

终将成为自然的精灵

没有山川流水可以救赎

迷路的灵魂，挥别夕阳

痛苦不堪一击

唯有清欢永恒

在九曲十八弯的荒原

没有谁能遇见冰川

唯有祈祷，再祈祷

当桃花杏花樱花开满心间

没有太多的理由逃亡

孤独的人是可耻的

于是你背起行囊，去流浪

再没有绝对的对与错

便告别了童年的夜晚

那一弯月，挂在树上

如同太阳的影子一般

延续白天留下的希望

回眸望向你的时候

冷冷的风，吹过来

不是秋呀，是春天

2022.4.18

过往（终章）

流霞默默

飘向故乡

拉长的影子

像极了岁月

不见容颜衰老

只见时光飞逝

山水错落

绵延不绝

深冬的夜晚

像极了童年

不见旧人归来

只见新人成长

霓虹闪烁

灯火璀璨

夜空的浩荡

像极了少年

不见不散誓言

只见徒然清欢

潮汐往返

冷风簌簌

落雪的忧伤

像极了青年

不见烛火昏黄

只闻西窗轻叹

烟花易冷

城外荒芜

须发的消亡

像极了中年

不见鼓楼余晖

只见旅人挥手

茫茫人海

袅袅烟波

半生的不易

像极了岁月

不见老泪两行

只见春华依旧

春华依旧

故乡他乡

无雪无月

惊扰清梦

遥望行止

今夕何夕

唯有珍惜

……

2022.4.20

关／于／童／年

关于童年（一）

蝉噪，午后

烈日似火

哥哥的脸流淌着汗

耳朵挂着红砖

那个狠心的人

喝醉了酒

忘记了时间

我心底吟唱

坚强的力量

烈日似火

我定将活下去

那年

如同那个午后

看似明亮的天

陷入无底的黑暗

还好，黑狗吠叫

我们终将安好

黑色的眼睛不死

便会寻遍光明

也必将

在某一日醒来

2022.6.2

关于童年（二）

冬日的雪花，洁白的婚纱

没日没夜地下

我在洁白的雪地上画画

画一幅心底山谷的画

黑狗乱跑，毁坏了画

我不生气，不生气

黑狗了无牵挂

怎能看懂我的画

漆黑的夜，北风在刮

瘪掉的肚皮里有只青蛙

可这是冬天呀，是冬天

青蛙，你能否随我的梦

一起冬眠到天涯

天蒙蒙亮，雪稀疏下

前头院地窖里还有两个地瓜

我一定要想个办法

推开厚厚的雪花

取到它

2022.6.2

关于童年（三）

蟋蟀的腿，疯长的草

烟囱的洞，麻雀的巢

逃不开的日子

游荡于葡萄架

爬上爬下

童年的乐园

还有屋檐上

枣树下

雨天，黄泥巴

没有人一起过家家

多好的黄泥巴

我要把它

带回家

破败的木马

掉落的油漆

似花，似画

翻过围墙

悄悄

骑上了它

夕阳总会西下

回到没有大人的家

月亮不说话

月季开了花

2022.6.2

关于童年（四）

雪花飞舞。漫天飞舞的不是雪花

是那无边无际黑暗里的灯火

求索，用尽全力追寻着北风

无助的窗框上了锁，窗上的冰花

天真无邪地延展，却也逃不脱窗框

不倒翁在流浪。夜幕下的旅人格外慌张

无数次想起的梦，此刻融化心底的冰霜

再没有什么可以阻挡——

无奈北风始终带不回北面的光芒

待到春花烂漫、蜜蜂飞舞

漫天飘洒的花瓣雨

埋葬冬天的秘密，上不了锁的窗框

再也不见那不断伸向黑暗的影

此刻，最好不要说话

静静用那手语来比画

2022.6.3

关于童年（五）

不是帮助，是劫数

五彩缤纷的花海，自由自在
五彩斑斓的落叶，自说自话

远空，一片云彩
眼前，一朵花开

盼，青山之外
忘，平湖之白

独立春寒，心不冷
一念清心，泪不痛

于他，恶有恶果
于己，善有善因

147

尽管闪亮和善良

其余的交给时间

夕阳下的小孩，学着释怀

泪流满怀的，原来也可以是爱

……

2022.6.5

关于童年（六）

1

那年

很久很久以前

璀璨的夏天

眨巴着狡黠的阳光

我从睡梦中醒来

漫步在午后的花园

葡萄，野花，小水塘

却很少注意到你的容颜

2

那天

也是很久以前

爷爷对我说

你是祖上的遗产

镇宅之宝

近百年

3

一个夜晚

我不经意来到你身边

浑然天成的古怪模样

坑坑洼洼的皮

横七竖八的杈

密密麻麻的叶

包裹着

粗大的干

4

接触你

试探你

爬上你的枝头

才发现

路上的大人

原来那么一丁点

爱上你的威严

爱上你的雄壮

更加爱上

会爬树的自己

5

异乡的夜晚

美丽，安详

远去的车灯

照亮回家的方向

6

万家灯火，看得太多

却抵不过，对你的回眸

霓虹亮丽，闪烁弄里

却远不及，对你的回忆

它

简单，温暖

却不失灿烂

2022.6.24

关于童年（终章）

1

担心又喜欢

夜幕降临的瞬间

尤其今天

空荡荡的夜空

胖胖的月亮

抵御着冬日的冰寒

可爱又可怜

她却不管

只要拨开云雾

就要楚楚动人

迎接身边的星光

星光的欣赏

收集地上的目光

目光的情感

有喜悦，有悲伤

有美好，有惆怅

2

今夜

又白了谁的七号公园

美妙无比的海豚音

还能不能再次响起

冰凉的灰色长椅

留下了多少浪漫

多少呻吟

3

华灯初上

埋头走路的人们

填满了大街小巷

没有谁会留意

奔波的行囊

也许只装着流浪

4

奔跑吧

跳跃吧

把心中的希望全部点燃

重生火柴天堂

那一刻

请把脸

甜蜜地交给月亮

2022.7.25

情／长／诗／短

情长诗短（一）

莫非是，昨夜的风不语
留下的影，才格外清醒
流浪的旅人，寻遍苍茫
不见了你，亦不见自己

莫非是，树前的花不念
留恋的景，才似秋飘零
漂泊的旅人，追逐夕阳
洒落了光，亦洒落荒唐

莫非是，青草的路不长
留意的静，如过往的情
天涯的旅人，望向远方
望断了雨，亦望断别绪

2022.8.12

情长诗短（二）

雨夜花开放，花谢叶自伤

无关的过往，只有回忆追寻太阳
美好的印象，存在于前海的路旁
寄一封书信，写一首无名的小诗
只有风在唱，只有呼吸的夜相伴
雨落进眼底，浪出走半生
当我再见你，不必说无关的过往
让回忆的漏，在月光里静静流淌

那是我不曾忘记的歌，为你而唱

2022.8.13

情长诗短（三）

露水寻不到家
只好盖上冰霜
熬过刺骨的凉

在没有尽头的夜
总有人比你更晚回家
不是因为寻不见太阳
而是迷恋这一弯月亮

再没有什么可以呼唤
夜空中最亮的星是你
对未来不曾变的信仰

再走几步便是黎明
我把爱留在了山谷
好让风不那么孤独

2022.8.15

情长诗短（四）

九月的风，不止一次诉说

那无尽漫长的岁月长河里

有多少流沙就有多少泪花

爱上夕阳的宁静

此刻融化的内心

装不下太多风景

闭上湿润的眼睛

涌上心头的是情

沉入心底的是铭

九月的雨再不来就晚了

那几近干涸的溪流谷底

是谁试图掩盖岁月痕迹

2022.8.25

情长诗短（五）

天涯不远，有风的地方就有声响
流浪的人，寻找回家的方向——
大漠苍狼嗥叫，秃鹰不见了故乡

那波光粼粼的地方，何止于悲欢
漂泊的人，迷失于弥漫的幻境——
无所谓的眺望，夕阳留下了希望

大地荒原，有光的地方就有梦想
远足的人，望穿秋水的等待——
彼岸开满鲜花，凄凉便不再可怕

2022.8.26

情长诗短（六）

叶凋零的时候，花也就谢了
还有冷风冷雨的旅途，天涯太远
孤独的歌声终于原点，那不是梦
是你留给我不变的缘，随风飘扬

当昨夜星辰不再闪烁，夜空亦空
流浪的人遥望苍山，太多的过往
森林里麋鹿迷失于幻境，月亮不眠
还有那湾湖水蓝，何处为故乡

当我再次回眸的时候，夕阳落尽
不住挥别的手拖长了影，没有谁
会记起此刻的场景，更不会忘记

2022.8.27

情长诗短（七）

风带来久别的雨
雨声诉说不变的誓言

曾几何时，流水只为寻找影子
那飘忽不定的影，四海为家的浪子
天涯不远，海角不远，心就不远

夕阳依旧清醒，清晨的露水积攒希望
融化的秋霜呢？没有人仕意
撑过无数黑夜——活成风一般的旅人

无可挑剔，对你来说是最适合的语言
今天之后，将忘却所有过往

灯箱亮起，最后的画面
你的倔强，随风而飘扬
……

2022.8.28

情长诗短（八）

秋分，风不止一次拉扯回忆

满满当当的歌，唱不完的秋季

当我再次望向山海

尽是无尽漫长的等待

唯有云朵变幻莫测的爱

投下阳光一样的色彩

流浪的人，呼唤你的名字

写满日记泛黄的本子

停留在你离开的日子

别再回忆，流水寻花而去

别再希冀，九月不必留白

2022.9.24

情长诗短（终章）

秋风一场，星空绚烂

夜色下流浪的人依旧清醒

那是不曾遇见也不曾有过的幻想

当晚霞扑面而来

我所了解的世界

依然是童年的模样

唯一变了的

不再年轻的容颜

陪伴在黄昏升起的太阳

人群散去，没有影子留下

满地落叶相拥于角落——

凋零也不再显得脆弱不堪

回首过往的路

月亮森林里的流浪

祈祷的模样是不变的信仰

再不来就晚了

张开的双手——

不是挥别，是拥抱

2022.9.27

光／影

光影（一）

写不完的忧伤

写不完的过往

森林隐藏着悲欢

你和我不曾见过的沧桑

凉凉的霜落满大地

枯黄的叶即将离去

这光与影的交叠——

最后的倔强，绚烂

这一季的秋天……

2022.10.23

光影（二）

错过风，不见你
一场无关山月的秋霜雨
落满苍山，柳川不远
挥手寒暄，转瞬间

再记起，老柳树摇晃着秋
围墙外的野草还在倔强生长
这最后的温暖，全然不知
即将到来的寒流多么荒凉
旅人无数，这老柳树摇晃
挥别了过往，多少人流浪

再说一次，草原之夜
终究是场梦幻，流浪
不仅仅是脚步的方向
也是太阳耀眼的光芒

2022.10.23

光影（三）

再不说就来不及了

这晚秋一过，便是别离

别离，多久才能再相遇

无人问津的光与影交替

这一生多少次无从谈起

晚秋是绚烂的，温暖的

就如同你离别前的拥抱——

炙热而短暂，短暂而绚烂……

2022.10.23

光影（四）

影，长长的记忆
漂浮的树，是繁星还是倒影

光，打翻调色盘的艺人
流浪的歌，唱给春还是秋

云，寻不到的梦境
牵念的花，摇曳悲还是欢

路，通往何处的暮
夕阳的火，燃尽你还是我

空，摸索未知的朦胧
缥缈的沙，是繁华还是旧画

说一句再见，无须再说话

2022.10.25

光影（五）

缤纷多彩是短暂的

光影交错是永恒的

没有太多的留恋

这个秋就要走到尽头

尽头里的光影

写满故都的回忆

没有太多言语

皆是你我曾经的光景

流浪了许久的人

轻声细语，与叶

道别。再过多久

才能与过往重逢

重逢过往的自己

用一种你的心情

风带走你的消息

捎回天涯海角的希冀

不论怎样的风里

总有那么一点伤感

陪伴我度过——

别离的秋季

2022.10.29

光影（六）

城市的尽头一定是你
天涯海角的月，唯一

当我再次望向远山
夕阳刚好落满谷底
那些曾经凋谢的花
从今起，再次盛放

默默低下头的姑娘
光影交错的城市里
太多遗憾留在心底

抬起头，秋叶飘零
寒风瑟瑟的森林里
钢铁立于不毛之地

缓缓说出你的名字

只为这最后的涟漪——

湖水埋葬太多秘密

花园的尽头一定是你

温暖流淌不止，唯一……

2022.10.29

光影（七）

流浪了太久，有身影陪伴

黑色的影是执着的

不论怎样的天气——

沉默于脚下的土地

听说，湖水边的森林里

有你留给美好的阳光一米

我寻遍天涯与海角

唯独不见，这美好的模样

再追逐，也是要落花无数

再追忆，也是要飘叶不止

我在陌生的城市里为你祈祷

河流从找心底流过，前路遥遥

2022.10.29

光影（八）

无端想念你

就像风不曾离开这里

流光溢彩的不只是春天

短暂的秋何尝不是绚烂而迷离

再说一次，却无从说起

这无止境追寻的末端——

是你不曾回首的坚定的眼神

湖水拍打着湖岸

倒影中山川故里

尽是你的无限美丽

2022.10.30

光影（九）

五彩斑斓，是你眼睛里的倒影

无关山月，晚风不曾与你相遇

再追忆下去，天就要黑了

天要黑了，你就要回家了

回家的方向，便是天涯的方向

那里有我为你高悬的月，不再畏惧黑暗

不畏惧黑暗的你呀，终究于某个黎明出发

去往未知的远方，那里有未曾想过的理想

湖水淡淡清香，水草睡着了

天空悠悠飘荡，云朵睡着了

2022.10.30

光影（十）

花在山坡上盛放
盛放的还有你那青春的心

十年前的风吹进心底
淡淡涟漪摇曳在云上
金色的太阳在照耀
不曾忘却天涯与海角

蒲公英飘散的约定
流浪人迷失于眼睛
再遇见竟是一番新意
也擦不掉旧的回忆

草枯萎了整个山坡
枯萎的还有那么久
都不曾来过的湖泊

2022.11.2

光影（终章）

曾经那些凋零的夜

不自觉地凌乱了影

无关山月，谷底溪水缓流

走进夕阳的故里，不见风的清影

慢慢地，时光流淌不止

荒草丛生的田野

几朵寻梦的花

天边写满你的名字

投影到湖水里

尽是漫长的守候

2022.11.5

古／风／诗／词

虞美人·花落花开自有时

曾经往事随风去，漾漾烟波里。凭栏莫叹暮云凄，
无可奈何晓月照新渠。

斜街巷陌迎秋雨，水镇唱昆曲。落霜残叶满城寂，
满目秋荷转眼竟无余。

2021.10.12

天仙子·一曲相思鸳鸯羡

回望苍山林尽染，落日余晖伤未减。无端莫把往昔提，路漫漫，云卷卷，一晌怔忡忆君不见。

秋月即别星点点，落叶飘零步履缓。雪花台上画红颜，风渐渐，雨恋恋，一曲相思鸳鸯羡。

2021.11.1

北京初雪如她

北京城南飘雪花，飘来飘去似寻她。

不见旧人泪清澈，但见新人孤影凄。

今生今世常感慨，花落花开尽无奈。

老院霜染白鬓侵，竟将烟霞拒门外。

晚霞无故映城空，鲜妍无意送春风。

熙熙攘攘生平客，恍恍惚惚酒意浓。

小楼昨夜丝竹罢，金缕玉衣重相逢。

此时何来新月横，西窗婆娑卷珠帘。

檐下生出芭蕉树，随风曳舞似红颜。

山后斜阳别秋雨，西风悲凉百花残。

一山遍野黄栌红，三川流去与谁言？

几度春秋谁生怜？年年岁岁尽流离。

几片雪花言不尽，唯有心中话与她。

2021.11.6

如梦令（三首）

如梦令·别易相思无趣

半城烟沙落雨，半树花开不遇。云锦夏荷疏，
两小无猜乱语。别去，别去，别易相思无趣。

如梦令·九曲诉尽衷肠

一池云锦斜阳，闲望满地秋黄。红叶落西院，
旧人不见匆忙。烛光，烛光，九曲诉尽衷肠。

如梦令·三生有幸遇她

三生有幸遇她，南方细雨陈杂。提笔泪两行，
六出雪入清茶。飞花，飞花，落入寻常人家。

2021.12.16

烛影摇红·霓裳起舞愁云散

一曲相思，霓裳起舞愁云散。落花流水影无双，
粉黛梨花眼。追忆平湖秋浅。化红妆、天涯恨晚。
野鸭嬉戏，芦苇生霜，斜阳依恋。

烛影摇红，凭栏眺望苍山远。平生不见旧人还，
无奈春光短。风起西窗轻叹。绣女怔、南堂雨燕。
五更雾起，青藤老院，杜鹃啼惨。

2021.12.18

临江仙·诉不尽心怀

云涌山前秋水浅，夕阳落尽风来。天涯野草覆霜白。月升月落，何事又徘徊？

亭楼顶翠丹相映，闲观雨后竹排。忽闻廊外古琴台。琵琶声切，诉不尽心怀。

2021.12.19

定风波·落叶随风去远方

落叶随风去远方，无关秋夜雨生霜。落雁遥观南花漾，何去，玉兰深谷诉衷肠。

落月枯藤疏影晃。滚烫，一声呼唤汝何伤？古道尽西风眺望，飘荡，秋阳无奈忆春光。

2021.12.26

长相思·风雪见梅

南雁归，北雁归。归入平山几处灰，西风款款吹。

雪中梅，雨中梅。梅落窗前一点悲，水云思绪飞。

2021.12.30

渔歌子·忆阑珊

落花红，秋水远，雨烟漫漫扁舟见。波漾漾，
浪长长，九曲琵琶轻叹。

落叶黄，残月敛，晚霜点点徒添乱。风怆怆，
雾茫茫，道尽悲欢离散。

2021.12.31

小重山·落叶随风去远方

落叶随风去远方。忆阑珊未尽,望苍茫。西风
不见旧亭廊。红颜醉,何以慰新伤?

昨夜雨声长。琵琶声不断,泪成行。青衣水袖
舞南堂。念过往,月洒满地霜。

2022.1.22

鹊桥仙·寻梦

天涯晓月，烟波浩渺，江水东流入海。西山远去是平川，念过往、青绿粉黛。

寒霜凄凄，鹊桥寻梦，风冷愁云倦怠。多情自古怅红颜，忆阑珊、悲欢何奈。

2022.2.2

念鲜妍春即来

苍山玉绮蜡梅开，落日余晖野草白。

怎道沧桑眉黛蹙，何言怅惘锦衣钗。

凄凄落木云烟雨，戚戚流萤露水台。

默念鲜妍无数遍，追寻万里请君来。

2022.2.6

念红颜不见旧人还

寒风送晚暮山凉，敛尽秋光几寸霜。

落叶归根皆惘意，飞花浪漫莫彷徨。

云烟化雨蒙江镇，雾霭结冰草木黄。

睹目西窗烛火暗，何来晓月照新伤。

2022.2.6

月上海棠·春风十里扬州路

春风十里扬州路。忆江南、平湖掩晨雾。细雨
纷飞，叹新妍、落花无数。庭院寂，点点烛光
踌躇。

寒山古寺斜阳暮。旧人去、荒野尽枯木。小桥
流水，且行慢、叶舟空渡。拨云月，醉影随风
起舞。

2022.2.27

忆少年·望断天涯月

平常故里，平生过往，平添新叶。红颜不知处，落花徒悲切。

怎奈西楼烛火灭，意阑珊、雾遮寒夜。无端莫轻叹，望断天涯月。

2022.3.12

西施·落花无数是清欢

落花无数是清欢。去夜太艰难。忆平生路，残月敛秋寒。漾漾涟漪，粉黛霓裳影，自在舞飘然。

断崖怎奈春光浅，徒悲切、却无言。近在咫尺，又远在天边。爱恨情仇，饮尽江湖泪，不见旧人还。

2022.3.13

一曲琵琶相思雨

秋风瑟瑟徒繁华，烟波遥遥南山南。

九曲玉溪晓月怆，三川流水晚霞乏。

天涯海角陈阁夜，日暮星疏旧亭花。

落叶纷飞寻老树，凋妍伏地觅新家。

幽兰入谷千浪翻，古刹生烟万事淡。

小院西窗落斜阳，大江东岸留怔忆。

南堂少年伤痕累，泪尽愁情云水急。

身前遥望不识春，断壁残垣雨无期。

莫道君行向远山，婵娟千里共韶年。

红尘一去何辞令，不羡鸳鸯不羡仙。

漾漾湖水去北岸，人往人来谁相欠？

深宅黛眉遥相思，浅云集结藏灰雁。

灰雁南归画旧人，罗裳青袖舞离殇。

纤纤流霞染双鬓，翩翩静雨落蝶黄。

蝶黄落沙螟蛉觉，如哭如诉情难依。

湖边柳枝水连天，城外前海言别离。

软软青苔铺古道，柔柔翠帐掩新堤。

无奈飞花红豆戏，有怀落燕绣女凄。

举杯邀明月何苦，对影成三人河西。

山峦暮畦碧池长，桑田叠嶂玉成筠。

北国浩浩霜如雪，南雨绵绵露以群。

杨柳覆霜秋万里，柚木遮阴夏犹存。

夜鸟清欢啼月明，薄情红颜望天霭。

杜鹃三更半夜啼，喜鹊三思一曲还。

无端莫把赋来泣，有心尽使汝开怀。

轻撵芳华绝别字，重怅三旬已徜徉。

意气风发徒悲伤，何来落日遮西塘。

西塘寄去艳阳光，东关不舍鸳鸯峰。

不见松柏常相思，但见羞莲断桥空。

秋露无言结冰柱，一生落魄娇荷败。

悠悠青池藏往昔，而今落雨黄花白。

密密麻麻酸枣朱，年年月月甘菊枯。

断续琵琶桂枝芽，余音袅袅填沟渠。

2022.3.15

天仙子·三月人间

残月敛秋霜落雨，终不见山苍水绿。今春莫邀
旅人来，青无数，花无数，别过西窗红袖舞。

三月人间飞柳絮，寻遍野黄无去处。凭栏莫叹
暮云集，唱几曲，伤几曲，尽是天涯沦落女。

2022.3.23

相见欢·一帘幽梦

红花绿柳相逢，雨蒙蒙。青草漫天色晚泣梧桐。

一帘梦，相思痛，几处空。山水依然如故送春风。

2022.4.27

天仙子·半生缘

小院万千皆柳絮，空守明月风不语。怎堪回望
半生缘，不见你，只见你，望断天涯无处去。

念念烟波愁几缕，春水东流眉黛绿。叹莫将旧
事重提，落花飞，新叶泣，一场相思连夜雨。

2022.5.8

水调歌头·菩提树下听雨声

清雾不识趣，送雨到边城。陌间青草微语，何事话西风？浅露闲花初见，碧水云天潋滟，遥望月蒙蒙。夜半莫回忆，前雨落心中。

北山雪，南岸醉，又何曾？未闻此地，何故把酒诉平生？年少时言期盼，而立时言遗憾，不惑念平安。闭目菩提树，与世再无争。

2022.5.10

绮罗香·半生缘

雨后羞莲，白堤垂柳，云卷云舒清露。荷醉晨风，湖碧旅人环顾。野鸭去、蜂舞蝶飞，艳阳照、虹桥南渡。莫言他、缓缓溪流，望苍山绿水停驻。

芊芊万里如画，闻小楼昨夜曲，落花无数。念半生缘，睇目四周眉蹙。新芽发、老树逢春，梧桐泪、淡香随雾。记今日、莺燕南归，竟同君两处。

2022.5.26

清平乐·清欢

西风瘦马，古道夕阳下。无奈南风不识画，小院书生徒牵挂。

莺燕飞舞烟霞，西窗老树添芽。落落清欢半生，青衣水袖红花。

2022.5.28

武陵春·太多愁

荷满池南风入夜，月下话西楼。望北方不见尽头，
絮语诉无休。

蝶谷生花溪浅处，落日敛初秋。忆旧人何故泪流，
望不断、太多愁。

2022.6.11

玉漏迟·夏雨不知愁滋味

流沙千里道。玉门关外，夕阳西下。日落月升，断壁残垣枯瓦。无事登高望远，路漫漫、红苕开罢。荒草岔。而今遥寄，无声无话。

莲荷相宜江城，孤自影成双，断桥青塔。玉水东流，一去江南如画。怎奈何不见你，倦鸟泣、声声牵挂。雨萧飒。镜中已生白发。

2022.7.10

清平调词（三首）

其一

云卷云舒花自开，山川异域月同来。

莫言今世缘挥散，只此一生梦照台。

其二

几枝红杏影重重，青瓦流年万事空。

不见旧颜复始去，落花无数眼蒙眬。

其三

鲜妍独守西楼凉，遥望苍山乱雨狂。

九曲黄河终逝也，泱泱江水为谁伤？

2022.7.23

秋·自渡

木鱼绣花牵前缘，古磬悠长寻江泽。

轻抚柳叶观北楼，小院深闺五更迟。

飘零落叶随风去，三朝古都他乡客。

流连三世不见君，莫言过往多晦涩。

秋寒落日山川平，无关水岸旧城事。

少年迷路伤心至，不惑终同青松识。

白鬓红颜一步遥，莲荷落雨静悄悄。

湖边万里和风起，一曲琵琶万念消。

承蒙故人常来往，春秋十载怅然解。

月升乌啼烛光绵，绵绵不断到清晨。

山川叠嶂终入夜，玉楼酒醉又逢春。

莫道往昔皆苦难，不必寻梦清欢处。

可怜孤自夜太深，闭目菩提连天雨。

百年轻问奈何谁，悠悠笛声度空门。

轻歌曼舞青衣长，水袖游云染泪目。

庐阳不懂昨日情，直挂云帆过河曲。

四壁徒然伤平生，八百里外西都晴。

碧湖灼灼穷尽影，西出寒关望苏里。

韶华一去不复回，宛转武当汉江离。

花间一杯无情酒，落尽繁华现忧愁。

无关风雪与落霞，回望尽是秋水流。

君寻万里叹不得，云落山前漳水河。

武当山下异乡人，还将他乡送远波。

汉江水碧汉中青，丹江朝朝暮暮情。

星辰大海无觅处，夜雨连连钟鼓声。

天涯海角荒野碧，至此流连不多取。

落花无数皆是情，不见玉簪尽为苦。

回眸相顾泪湿衣，遥望西窗绣女悲。

悲切深院皆梨花，柳叶飘飘映清秀。

菊竹如簇月如钩，雪梅随风迎春归。

桃花白面樱花粉，秋雨梧桐落泪时。

西窗烛火多缥缈，苔藓满地人亦老。

前缘再续皆白发，桑蚕成茧孩童笑。

夕照蜓飞常相思，孤城已是乱陈年。

翩翩蝶舞初春夜，寥寥星河落九天。

野鸭寻暖江南夜，玛瑙囚寒今不同。

泱泱千里别来月，款款月霜映旧梦。

咸宁异客终无悔，回想昨天太懵懂。

求索三峡数载余，尽为终生一伴侣。

曾经沧海难为水，竹山四下多磨炼。

一江碧水向东流，两处茫茫皆不见。

山川云上吟诗歌，山在胸中水袖间。

登楼遥望苍山远，山花如血杜鹃紫。

寻得一人为长兄，竟言前年耳目赤。

唏嘘儿时尽苦难，辗转无处痛空城。

忽闻北方风雪至，单薄衣裳夜空静。

手提昨日旧菜食，无端霜凉梅花开。

果树半边攀不上，前院落枣欢喜来。

天涯晓月碧野荒，好似霓裳青衣舞。

莫将往事落心上，秋风遇你尽言雨。

烟波浩渺掩新妍，陌路徘徊庭树旸。

朝阳默然无处语，白堤绵延爱恨长。

回眸一笑倾城漾，不见君还未归路。

唯将眉目记心中，金钗西施事无惧。

何留一壶清茶乐，城外湖光涟漪减。

但愿心静如水淡，山谷蝶飞落溪涧。

离愁依旧照晚霞，霞光万里旅人痴。

何年何月谁相会，夜半歌声谁不知。

落花流水春去也，莫把旧事再重拾。

身前种满菩提树，树下清心茶一提。

2022.7.25

玉漏迟·又清欢

柳绵飘入夜。悠扬婉转，曲终烛灭。大雁南归，寒露敛霜成月。粉黛霓裳乱舞，影无数、盛情难却。花怯怯。野菊香殒，婉秋别去。

树下落雨无声，小院太荒凉，往昔何借。漾漾烟波，碧水东流云野。南雁北还趁早，念平生、潸然难悦。风凛冽。黄昏后西关雪。

2022.8.14

秋语道平生

风轻云淡秋水平，水上浮叶似平生。

漾漾烟波杨柳岸，何事秋风悲戚鸣。

天涯海角忆初见，月下独酌皆是念。

花上秋霜掩芳菲，亭外晚荷雨后残。

长江一去江南晨，卷卷舒云昆曲闻。

桥上何人遥望月，明月何时伤旧人？

平生往往愁别意，江水汤汤望舒泣。

不知明月泣何人，却见江潮漫堤溢。

红尘一曲望西楼，黄栌红遍漫野愁。

谁家浊酒空对月，何等痴情何处忧？

水长天晚莫徘徊，流沙河边古琴台。

北海湖中枯叶泪，敛霜如雪凉风来。

晚霞燃尽右安门，月圆月缺皆为君。

北雁南飞无影踪，独留前院掖余温。

昨夜闲来捡落化，落化无数惹心朵。

流水落花本无意，拾花月下影孤斜。

斜影沧桑漂泊路，无人相识山野故。

不识旧影不识人，落雨西关老榆树。

2022.8.15

浣溪沙·秋风秋雨总多情

霞掩芳菲苑路绝，秋风十里叶如蝶。汤汤水水破难劫。

寒夜山前秋雨后，万花谢遍影孤斜。云下无处可相约。

2022.10.2

六月的退想

暗香·秋意渐浓忆何人

浅塘秋色，几处相思绿，花开花谢。落日敛霜，不觉西风已遥寄。难舍难分渐远，怎能忘、春风得意。望沧海、叠浪归来，似水似轻泣。

伫立，雨寂寂，怎奈荒草生，故园凋敝。月升月落，何处再将君来觅？漾漾烟云雨后，露初凝、竹窗生碧。又惆怅枫叶舞，与谁萧瑟？

2022.10.3

一剪梅·秋风秋雨总是情

秋雨绵绵叶满园。斜阳若影，一点离欢。

晚风吹散黛眉烟，遥望西窗，不见红颜。

轻雾飘飘掩月残，数缕柳长，霜落身前。

无关旧事挂心间，山外青山，何处清谈？

2022.10.6

清平乐·秋日怀古

落花无数，黄叶覆归路。青瓦识风向何处，皓月远空来渡。

漾漾江水流沙，款款清欢锁雾。轻叹云霞海曙，尽是落花无数。

2022.10.6

绮罗香·寒露

昨夜西风，熙熙攘攘，花落花开晨暮。一夜相思，老树鬓白寒露。莫轻叹、月下独酌，漾墨绿、烟波推雾。醉青阁、遥望苍山，流川泛起泪无数。

漂泊千里之外，唯见夕阳西下，天涯空度。款款清欢，幽谷逸林沉木。梧桐雨、秋水伊人，最难忘、一见如故。忆江南、杨柳依依，灯火阑珊处。

2022.10.8

钗头凤·清影

远霞落，山川错，晓月初升人静默。北风阑，
野花残。念平生客，泪目潸然。难，难，难！

秋江阔，清河墨，远空千里无求索。曲声欢，
柳荫绵。欲言又止，多少红颜。怜，怜，怜！

2022.11.5

云／朵／的／倒／影

云朵的倒影（组诗）

1 初识

漫天的繁星，似你的眼睛

风吹起柳枝，那不是告别，是初识

云朵的倒影落进心底，纯净的灵魂如雪般洁白

春花盛放的季节里，飘扬的誓言曾坚信、等待

灯火阑珊的晚街上，闪烁的霓虹曾绚丽、无奈

空中那孤单的月亮，碎了满地的犹豫不决

巷尾那寂寞的酒馆，醉了几次的痛不欲生

荒凉的冬不失冰寒的守候

你的到来，我并不意外

2 流浪

心碎过几次、痛过几回，泪水淌过的深夜

醒过来的孩子，常常自言自语着路过人间

于是，在某个清晨雨后清爽的蓝天陪伴下

背上行囊——装上空荡荡的心房

走向远方——留下空荡荡的新房

多少次无眠的夜里，偶尔还是会回忆或期待

多少次无助的伤害，偶尔还是会坚强与例外

翻越了多少高山，漂泊了多少深海

你期待那么久，是否得到了想要的释怀

你逃亡那么久，是否遇到了想要的心怀

你离别那么久，是否碰到了想要的感怀

变幻的人世间，不变的昼夜相伴

变幻的大世界，不变的孤单相伴

再没有什么值得留恋的时候，夕阳归来

云霞轻柔地把你的头发撩起

一束斜阳指着回家的方向

眼前出现通往天堂的平凡之路

放下空空的行囊，抬头遇见的光芒

即便是夕阳，即便是瞬间

已落尽忧伤，以清欢祭奠这么些年的流浪

3 清欢

繁华也好，繁花也罢，摇摇一捧月光

送给地老天荒，送给秋夜凉

难得轻盈的你，莞尔一笑

便成为我心底不变的清欢

借着这清欢

熬过多少难熬的关口

走过多少难走的路口

蹚过多少难蹚的渡口

才愈合了难过的伤口

借着这清欢

融化了多少忧伤与微笑

融化了多少伤疤与谈笑

融化了多少秋凉与轻笑

才露出了孩子般的欢笑

借着这清欢

鼓起勇气开始追寻爱

不再叹气开始相信爱

积攒灵气开始歌颂爱

沉淀意气开始付出爱

才有了不竭的爱

不期而遇，雨水纷纷

爱随风而去，你是否会选择原谅

4 原谅

我依旧在远方，望向那有你的方向

挥别了数不清的夕阳

泪水流淌成一条弯弯的河

夜晚星星在河水里闪烁

白天芦苇在河岸边摇晃

闪烁的星光，是我虔诚的道歉

摇晃的芦苇，是我不变的誓言

我依旧在原点，画地为牢走不出去

磕绊了平淡岁月的清欢

喧闹的城市，人山人海

热闹的山谷，花山花海

摘几朵最平凡不过的野花

再走过城市喧闹的大街

放在那画地为牢的原点

即便春秋变换，花朵枯萎不见

一声问候，一生守候

5 出发

云朵的倒影穿越万水千山

有人决定向北而行

有人决定向南而去

分别的时候

请不要回头

最后的背影

是那片片云朵

是那漫漫长夜

于是啊，于是

分别不再是分别

过客不再是过客

彼此的倒影

离别的方向

念与不念，见与不见

云朵片片，长夜漫漫

......

2023.3.4

远／方／的／姑／娘

远方的姑娘（组诗）

1 晴空

奔跑的鹿儿，森林深处一闪而过，

万丈深渊的悬崖边，多少荒草苟活于此。

现实不过是一场睡不醒的梦，

在你出现之前——

我曾无数次告诉自己的坚强，

转瞬间流进心底的海洋。

他们说你，曾经是世界的孤儿。

受伤是常态，如同下沙后的土地，

接受那不同于自己的倔强。

感觉你是我的婴儿一样，

却止不住地想要逃亡。

纷纷扰扰的世界，谁在你的身旁？

今日又是晴空啊，晴空——

你曾在晴空里许下的愿望，

如今是否已经忘了当初的模样？

顽皮的猴子走过，

那一夜月光多么苍凉。

2 月光

保护这一望无际的草原，

只因为这里曾经有过你的梦想。

多少风，无情地吹落多少繁花，

多少繁花，平添多少不舍。

在这无情而又充满阳光的傍晚，

月亮——早早来到了天空的一旁。

像一直守护你的翅膀，

停下来，停不下来，

手足无措，不知如何才能把你呵护得不受伤害。

这无情的风吹散了多少相爱，

这无情的雨冰冷了多少无奈，

原地不动的，还是你那仰望的姿态——

月亮啊，月亮，不曾更改的更改。

我带着所有期盼、所有梦奔向你，

你却无情地消失于平凡的月夜。

月光，太多无话可说的冰霜，

冰霜冻结的又何止是一双灰色的眼睛。

麋鹿再次出现在森林，

硕大的身躯，望向月，走成一道光。

3 麋鹿

麋鹿走后的日子，

冬天不曾离开这世界。

回忆里开满野花的山坡，

我用最后的力气守护承诺。

每寸阳光都在琢磨，

森林里落下的光斑，

是你曾经最美的依托。

每片花瓣都在雕琢，

森林里最后的春天，

是你留给这里的沉默。

每只麋鹿都在苟活，

森林里无尽的冬天，

是你走后不曾变化的沦落。

再不从你的梦里苏醒，

森林即将消亡——

于是，太多的谎言纷纷扰扰，

直到消失，直到不再相遇。

4 相遇

无数次告诉自己，

别在回忆里挣扎。

无数次数着星星，

别在过去里沉静。

无数次逃过遗忘，

别在纠缠里流亡。

天空飘下一滴雨，

那是你对我最后的言语。

巷尾无助的喇叭花，

爬满夕阳下的南墙。

遇到谁家的姑娘，

谁的心就开始流浪。

午后人山人海，

一抹夕阳，一袭青衣，

多少次回眸，

换不来半生时光。

人生走得太漫长，

流浪多久，才能遇见——

不变的信仰。

5 信仰

推开曾经紧闭的门，

小院里早已春暖花开。

说好今夜不谈理想，

我们喝着茶，说着虚无的青春。

多少人来去匆匆，多少时光流淌过心间。

再说多少次我爱你，

才能把这朵花送到你的心底。

从那时起，心底的山谷春花烂漫。

再经历多少次离别，

才能把这记忆烙进你的心里。

从那时起，被原谅是那么简单。

再谈论多少次信仰，

才能把这信念种入你的脑海。

从那时起，原谅也是那么简单。

走吧，今天穿起花衣裳。

夕阳在脚下延展到哪里，

哪里就是你向往的远方。

2023.4.15

湖／底／的／信／仰

湖底的信仰（组诗）

1 雾舞

寻遍天涯海角，只为一声知道。

那无尽漫长的夜晚，

总有篝火在湖边燃烧。

无可奈何的星与无话不说的你，

在湖底升起月亮的祈祷。

多少次，望不到头的绝望，

客居他乡的人们寻到这片湖之信仰。

风起的时候，是明亮的眼。

风停的时候，是轻雾的舞。

彼岸花看不见自己的叶又何妨，

天空总有一轮不变的太阳。

2 晨梦

叫不醒的耳朵，睡不着的眼，

迷惘的过去，骄傲的脸。

你望着对面的湖岸，

人们三三两两地离去，

身后是太阳长长的影，

面前是月亮大大的梦。

谁会在意这些无关紧要的风景，

城市里车水马龙，

淹没的又何止是你，

还有清晨不得不离别的自我。

3 林露

麋鹿是巨物，

巨物不完全是陌生的，

并不陌生的还有大象。

这里没有大象，

同样没有麋鹿。

只有一种巨物——

那是对你的念想

浇灌出的黑色森林。

高耸入云的林木，

遥不可及的树冠。

只好把头低下，

地面上矮小的灌木，

挂满如星空般的露珠。

别惊醒露珠的梦，

清晨来临之前，

让它们好好生活上一次。

4 生路

是谁在唱那首熟悉的歌？

谁又从面前经过，

没带走一片云彩？

我歌颂的不只是湖水的浪漫，

还有那湖底坚忍不拔的信仰。

这信仰便是你心底的路，

即便在无路可走的困境里，

依然披荆斩棘——

所向披靡！

5 曲线

太多的轨迹，

埋没了来时的路。

六月的遐想

心里的线，

乱成了一团。

闭上眼，去寻觅，

直到一道光照亮你的脸：

那无数的光线，

从不会错乱！

它们是如此笔直、

如此执着，

为你一笔画出回归的线。

2023.7.18

多／少／风／雨／后

多少风雨后

1

熟知的泪水落地成雨，

心中不轻松的沉默在生长。

阳光，午后落在你的脸庞，

多少华发生。

又是夕阳落山，

谁将在夜里潜行——

话不多说，一切于不言中。

2

都不再回忆那些过错，

终不敢把理想流落于雨后。

是雨雾打湿了夜梦，

还是夜梦朦胧了雨雾？

问了那么多遍，

依旧是无言的答案。

或许，我就该消失于人海，

好让余生好过那么一点。

无奈点燃那支熄灭的香烟，

不是云雾，缥缈了许久——

记忆逐渐模糊，直到泪眼婆娑，

道一声离别，多少风雨后。

3

漂泊街头的岁月里，

我忘记了自己的模样。

冰雪取代春华与秋实，

寒风并未让夜梦清醒。

走过熟悉而又陌生的胡同，

在街头巷尾与人群告别。

这是最后的孤独宣言——

就好像天上不会再有星光。

只留下心底的灯，

照亮你我前进的方向。

4

谁明浪子心，

此刻最清欢。

望穿天涯，多少云彩后，

是你不曾退缩的执着。

终于，在路的尽头，

触摸到云彩的额头。

这是从心底油然而生的爱，

何必让喜悦的泪消失在心里？

肆意的狂风，带来海水般的雨水，

浇灭你好不容易燃起的热情——

回首那么多年过去，多少风雨后。

5

明明是最后的消息。

一生一世不会从头再来。

所以，你选择漂泊还是归来？

活着和死亡，

是一对辩证统一的矛盾体。

在最后终归是一粒尘埃，

抑或，一颗光子。

我们源自彼此的所谓的爱，

归于尘土，这并不是无奈，

更像是一种释怀——

放下了那么多悲哀，

绝情竟是一种光亮！

6

总不过是离别成就了重逢。

寂寞的春也好过炽热的冬。

希望的眼神寻遍了世界的角落，

只剩下残花一朵。

你说，爱只不过是一种寄托，

又何必在乎太多。

闭上眼的瞬间，如残花般脆弱。

击碎青春的幻想，

留下成长的伤疤，多少风雨后。

7

眼看着时间一点一点过去了。

期待在时间的轨道里磨损得只剩下一点。

哪怕是一点，也是期待，

足够支撑度过寒夜的微火。

理想是有翅膀的，

飞翔了太久，总归是要歇歇的。

歇歇，然后让理想自由飞翔吧，

留下轻盈的你——

在这个世界活出个我。

8

没有对与错，

对于你离去这件事。

更没有蹉跎，

一切都是最好的结果。

墙角的牵牛花朵朵，

每朵都像在唱同一首歌——

完美生活，多少风雨后。

9

一个小小尾巴，

常常会被忽略。

它是存在的。

不管多少风雨后，

依旧在那里守候。

你看那万家灯火，

像不像你留下的那短尾——

让我忘呀忘呀，这最后的角落。

别笑，这是最后一支舞蹈，

请把小小尾巴收好。

10

必须说，这洁白的云朵。

摇摆的芦苇荡把时间打乱，

不管多少风雨后，

洁白的云朵，悠然自在。

2023.12.28

花／期

花期（组诗）

1

"你看远空的太阳，多么绚烂！"

天空为什么那么空？

因为要让云彩开遍纯粹的花。

红似火的太阳，高悬于云上，

滋养了万物，赋予生命以力量。

土壤，春从下面顶了出来，

嫩芽茁壮生长的时候，

幻想着开出一身的花。

雨水，不过是过客，

转瞬即逝，留给花以感动的记忆。

工厂的烟囱，冒着向上的烟，

这是多么羡慕云，想要成为云的烟呀！

我望了好久好久，

你忘了多久多久？

乐章打开我们的心门，

却又那么短暂。

街头开满了想象的花,

冬季也就不再枯燥而漫长。

2

"海洋追逐着远方,多么豪迈!"

我却只能写出婉约派的诗词。

南方的红豆装满了心底,

一颗一颗开出感情的花。

东方露出鱼肚白,旅人趁着黎明出发,

手中不忘捧上一束鲜花。

鲜花美丽而又短暂,

短暂而又绚烂!

蓝色的海洋也向往着花海,

你看那激流的浪花汹涌,

拥抱了又拥抱,不舍离去。

心爱的人啊,多么浪漫的山野,

满山的花开,只为你的到来。

永不分开的誓言,在花海里徜徉,

彼此微笑,拥抱又拥抱。

真情流淌的溪水,唱响欢歌,

山谷不再那么空旷寂寥。

此刻，请牵起手来，

一起奔向那遥远的未来！

3

"风起云涌，是你来过了吗？"

多少无奈的泪水开出离别的花。

这是悲情的花，也是欢情的花。

回头瞬间，你看嘛，

那绚丽的彼岸花在摇摆！

春天一步一步走来，

在这年关的岁月里，

默默唱响一首难忘的歌，

静静想着一个人。

大地好像不再冰冷，

天空也不再那么单调。

岁月在歌声中流淌，

流进了谁的心底，

开出什么样的花来？

人情是最美丽的花。

因为感动而开出的花，

因为离别而开出的花，

因为忘记而开出的花，

在胡同口的花坛里蓄势待发。

别害怕，一切都是最好的安排。

别回头，一切都是为你而来。

4

"草是不是梦想着，成为花的一天？"

于是，这么近那么远的天涯，

处处开满了像花一般的草。

这绿色的花呀，是心底最安静的存在。

不必为过往而忧伤，

不必为未来而慌张。

在这天与地之间，自有风儿来陪伴。

只是当下的风，是冬天的风，

大体上是寒冷的，但也是清醒的。

你还记得我曾对你说过的那句话吗？

在窗明几净的傍晚，

夕阳总是会偷偷爬过窗台，

只为看看你那可爱的脸庞。

草原还在等待，等待牧歌，

山野还在等待，等待山歌，

我也还在等待，等待花开。

花开了多久多久，

草梦了多久多久，

羊群像是落在人间的云彩，

是不是你在告诉我，正在归来？

生命不过是一场等待。

5

"长廊外是江南如画，墨色的中国。"

妹妹要记得慢些走，雨水慢慢柔柔。

乌篷船摇啊摇，荡漾起一朵一朵水花，

静幽幽的古道，天地间一条路。

走过了半生，走回了北方。

深沉而雄壮的山，

相思都显得那么干脆。

流浪啊，漂泊于尘土间，

期待呀，等候在花之下。

终归还是会错过，

终归只是过客而已。

山之北，又飘起了雪花，

那是水最美的模样，

绽放于最寒冷的时刻。

多么艰难的岁月，

依旧感动于花的存在。

于是，冬天变得浪漫，

即便已经错过了太多。

我轻轻推开一扇窗，

雪花落在脸上，

那是告别——

心中的浩瀚星海！

2024.1.27